Maï
et Cacao

D'abord, on joue !

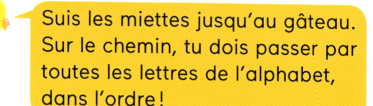

D'abord, on joue!

Suis les miettes jusqu'au gâteau. Sur le chemin, tu dois passer par toutes les lettres de l'alphabet, dans l'ordre!

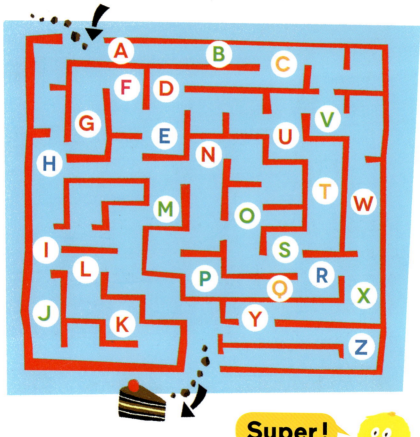

Super!

Maintenant, voici des mots pleins de gourmandise.

On les lit ensemble ?

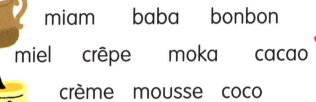

miam   baba   bonbon

miel   crêpe   moka   cacao

crème   mousse   coco

Bravo !

Et si on inventait une histoire rigolote avec ces mots ?

Margot mange un baba. Beurk !
Elle n'aime pas ça.
Alors elle met sur le baba du cacao,
du lait de coco, un peu de moka
et de la crème. Miam !

À toi ! Invente une histoire à croquer.

3

Maintenant, on se détend. Répète après moi!

cho co lo cha ca la cho co la cho

Les mots ont été coupés. Recolle les morceaux.

l'inspec-   -teau

un gâ-   -ris

une sou-   -teur

Bravo!

Un éclair est un gâteau allongé, avec de la crème dedans. Le vois-tu?

Très bien !

Regarde bien l'image et découvre avec quoi l'inspecteur mène l'enquête.

○ Un vélo et une clé à molette ?

○ Une loupe et une paire de lunettes ?

○ Une poule et une paire de chaussettes ?

Le titre de l'histoire est couvert de taches de chocolat. Peux-tu le deviner ?

MARGOT ET CACAO

Allez, un peu de **gym** pour ta bouche.

**ma me mi mo mu
mi ma mo mu mou**

Quelle histoire !

On a volé trois
dans la pâtisserie !

 mène l'enquête avec

L'inspecteur trouve des .

Tiens, tiens...

Où vont-elles le conduire ?

Margot et Cacao

Une histoire de Ghislaine Biondi,
illustrée par Kiko

Ce matin, Charlotte Bonbon, la pâtissière, s'écrie :
— Nom d'un baba, il manque trois éclairs au chocolat !
— Qui a bien pu voler ces gâteaux ? demande sa fille Margot.

9

Charlotte Bonbon appelle l'inspecteur Cacao :

— **Au voleur !** Venez vite, inspecteur !

L'inspecteur Cacao arrive aussitôt. Il regarde avec sa **loupe**.

— Tiens, tiens, voilà de petites traces de pattes !

Il les goûte et déclare :
— Pas de doute !

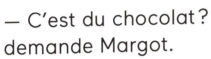

— C'est du chocolat ?
demande Margot.

L'inspecteur suit les traces...
jusqu'à un trou dans le mur.

L'inspecteur est fier de lui :
— Notre voleur est une souris !

Charlotte Bonbon s'étonne :
— Nom d'un clafoutis,
cette souris **a de l'appétit** !

Margot ajoute :
— C'est sûrement
une grosse souris !

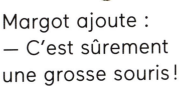

L'inspecteur Cacao regarde de nouveau avec sa loupe.

— Tiens, tiens, voilà des miettes !

Il les goûte et déclare :
— Pas de doute !

— C'est du chocolat ?
demande Margot.

L'inspecteur suit les miettes...
jusqu'à la chambre de Margot !

Tiens, tiens, qu'y a-t-il
sur la table de nuit?
La moitié d'un éclair et un tampon
en forme de patte de souris.

17

Margot rougit.

Sa maman fronce
les sourcils.

Mais l'inspecteur
Cacao sourit :
— La voilà,
notre souris !

Margot réfléchit... Ça y est,
elle a une idée pour ne plus
se faire attraper!

Fini les pattes
de souris !

Cette nuit, Margot va semer
des miettes… jusqu'à la chambre
de son frère !

Fin

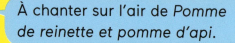

Comptine

À chanter sur l'air de *Pomme de reinette et pomme d'api.*

Nom d'un baba Charlotte Bonbon,
la p'tite pâtissière,
Nom d'un baba Charlotte Bonbon
compte ses éclairs.
Nom d'un baba il en manque trois,
qui est le voleur ?
Nom d'un baba il faut appeler
tout d'suite l'inspecteur.
Nom d'un baba l'inspecteur dit
c'est une p'tite souris.
Nom d'un baba c'était Margot
la petite souris !

YOUPLA !!!

OH YEAH !!

23

Les jeux sont réalisés par l'éditeur et illustrés par Kiko.

© 2016 Éditions Milan
1, rond-point du Général-Eisenhower, 31101 Toulouse Cedex 9, France.
editionsmilan.com

Loi 49.956 du 16.07.1949 sur les publications
destinées à la jeunesse.
Dépôt légal : 3e trimestre 2016
ISBN : 978-2-7459-7574-4
Imprimé en Roumanie par Canale